リンゴちゃんとのろいさん

角野栄子・作　長崎訓子・絵

リンゴ《りんご》ちゃんです。
リンゴ《りんご》の　かおの　おにんぎょうです。
リンゴ《りんご》やまの　おばあちゃんが　つくって、
マイ《まい》ちゃんに　おくってくれました。
まっかっかの　かおだけど、リンゴ《りんご》ちゃんは
じぶんの　こと、せかいで　いちばん　かわいい
おにんぎょうだと　おもっています。
でも　ちょっと　わがまま、もしかしたら

たくさん　わがまま。
リンゴ《りんご》ちゃんは、　なんでも　じぶんが
いちばんじゃなくちゃ　いやなのです。

「あたしは、せかいで　いちばん　かわいい
おにんぎょうだからね。
あたまの　てっぺんから　あしの　さきまで、
いちばん　かわいいんだもん」
それから、リンゴ《りんご》ちゃんは　おへそを
そっと　みて、いいました。
「おへそだって、いちばん　かわいいよ。
おはなの　ボタン《ぼたん》の　おへそだもん」

「マイ《まい》ちゃん、えを　かいて　あそばない」
おともだちの　ケイ《けい》くんが、あそびに　きました。
「うん、いいよ」
ふたりは　かみを　ひろげて、クレヨン《くれよん》で
えを　かきはじめました。
ケイ《けい》くんは、えが　とても
じょうずです。

「かきっこ、かきっこ、おかおの　かきっこ。
かわいい　かおに　しようかな。
こわーい　かおに　しようかな。
かきっこ、かきっこ、おかおの　かきっこ」
ふたりは　うたいながら　マイ《まい》ちゃんは
ケイ《けい》くんの　かお、ケイ《けい》くんは　マイ《まい》ちゃんの
かおを　かいてます。

ブタ《ぶた》の　ぬいぐるみの　チャンピオン《ちゃんぴおん》くんは、
ソファ《そふぁ》に　すわって、じっとしています。
リンゴ《りんご》ちゃんは　ひとりぼっちです。
それで、スカート《すかーと》を　ふるふるさせて、
おしゃれな　おねえさんみたいに
あるきまわりました。
でも、みんな　しらんぷり。
リンゴ《りんご》ちゃんは　つまりません。

「ねえ、 あそぼう、 あそぼうよう。
マイ《まい》ちゃーん」
リンゴ《りんご》ちゃんは、 マイ《まい》ちゃんの
スカート《すかーと》を ひっぱりました。
「しずかにしてよ、 リンゴ《りんご》ちゃん。
いま、 えを かいてるの。
おわるまで、 あっちに いってて。
バイバイ《ばいばい》」

マイ《まい》ちゃんが、
てを　ふりました。
「バイバイ《ばいばい》」
ケイ《けい》くんも
てを　ふりました。
リンゴ《りんご》ちゃんの
ほっぺたが、
ぶーっと　ふくれました。

「チャンピオン《ちゃんぴおん》くん、あそぼ」
リンゴ《りんご》ちゃんは　いいました。
でも、チャンピオン《ちゃんぴおん》くんは、
だまって　まどの　むこうを
みています。
「ねえ、あそぼうったらあ」
「ぼく、いま、かんがえごと
してるんだ。

だから、あとで」
「かんがえごとって
なあに？」
「こんどの
サッカー《さっかー》の
しあいの　こと。
じゃあ、バイバイ《ばいばい》」
チャンピオン《ちゃんぴおん》くんは　いいました。

「あたし、バイバイ《ばいばい》なんか　したくなーい！」

リンゴ《りんご》ちゃんは　おこって、いすから

とびおりると、チャンピオン《ちゃんぴおん》くんの　ボール《ぼーる》を

ぽーんと　けりました。

ボール《ぼーる》は　はねて、マイ《まい》ちゃんと　ケイ《けい》くんが

えを　かいている　うえに　おちました。

クレヨン《くれよん》が　ぐちゃぐちゃに　なりました。

「あーっ！」
マイ《まい》ちゃんが　クレヨン《くれよん》を
ひろおうと、てを　のばしました。
その　てが、リンゴ《りんご》ちゃんに
あたりました。
「マイ《まい》ちゃんが
あたしを　ぶったあ」
リンゴ《りんご》ちゃんは　しりもちを

ついて、なきだしました。
「ぶってなんて　いないよ。
すぐ　うそなきする。
たくさん　たくさん
わるいこの　リンゴ《りんご》ちゃん」
マイ《まい》ちゃんは　そう
いうと、ケイ《けい》くんと　また
えを　かきはじめました。

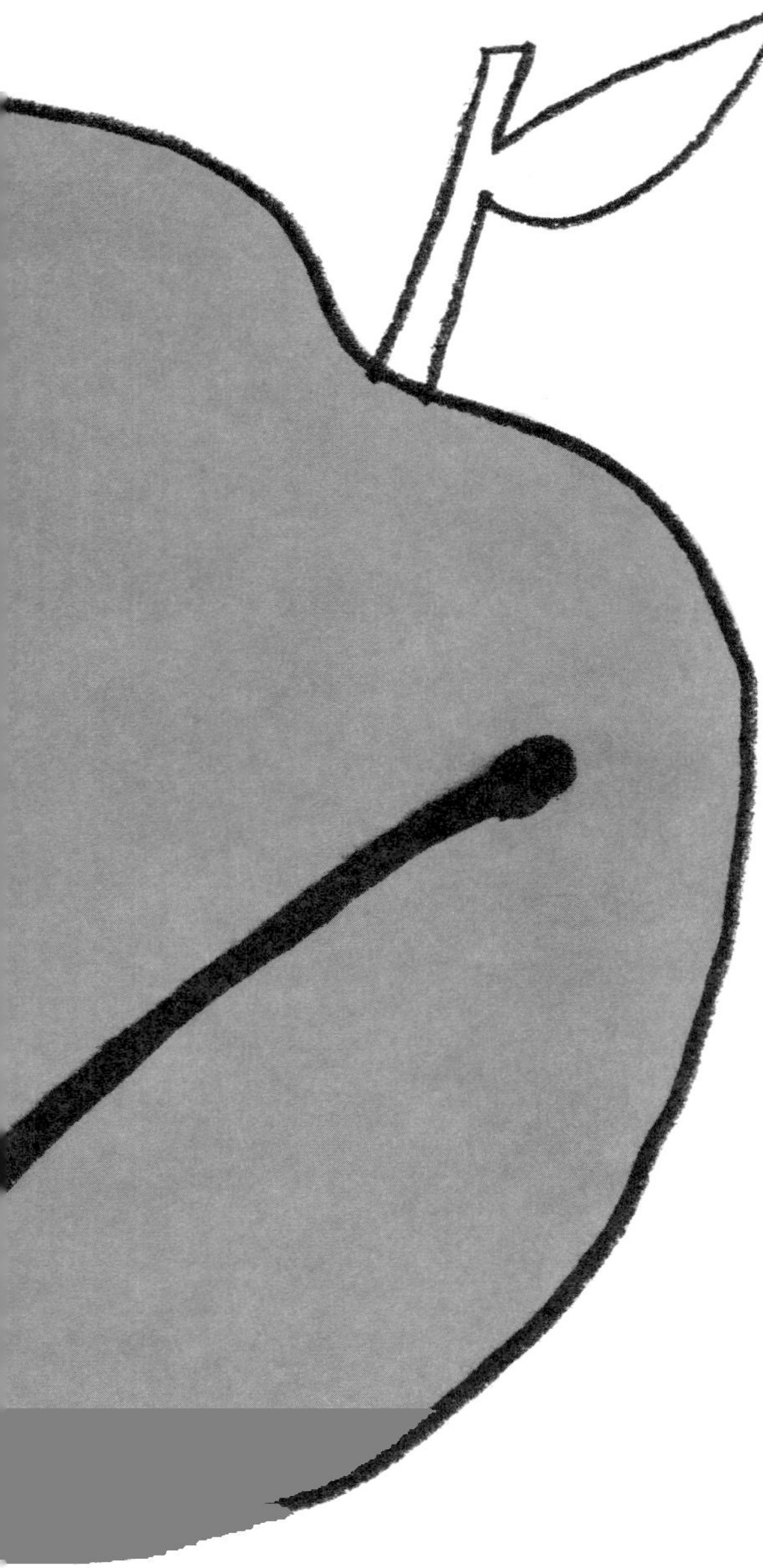

リンゴ《りんご》ちゃんは、スカート《すかーと》で　なみだを
ふくと、まどの　むこうを　みて、さけびました。

「リンゴ《りんご》やまの　のろいさーん　たすけてーっ。
のろいを　かけて、マイ《まい》ちゃんたち
みんなを　やっつけてーっ」

それから、リンゴ《りんご》ちゃんは、しろい　かみを
ひろげて、えを　かきはじめました。
「もうすぐ　のろいさんが　やってくるよ。
あたしを　たすけに
やってくるよ！」
「また、うそ　いってる」
マイ《まい》ちゃんと　ケイ《けい》くんが、
ふんと　わらいました。

「うそじゃ　ないもん。
リンゴ《りんご》やまの
のろいさんは、
こわいよ。
あたまに
つのが
あるんだから」

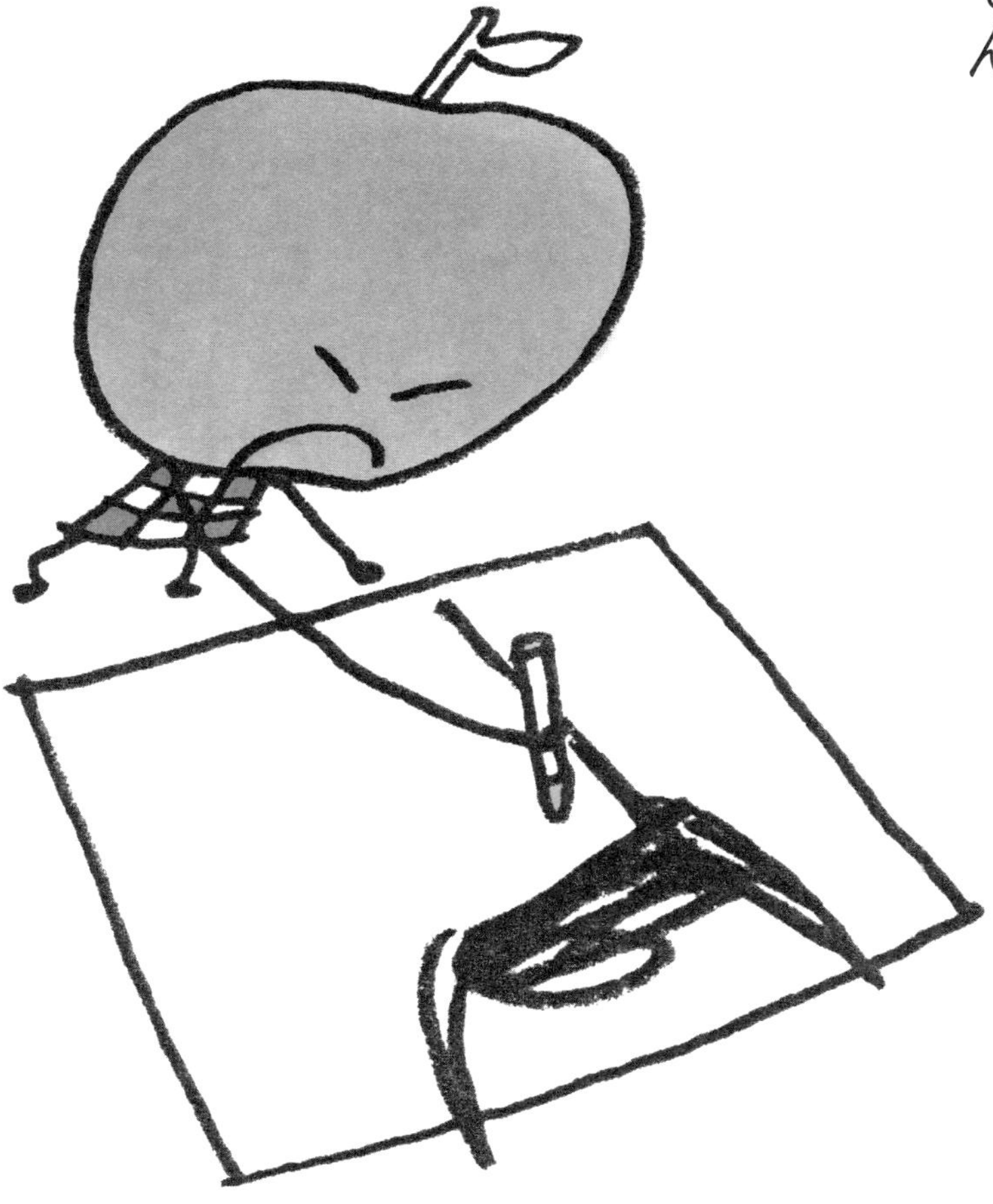

リンゴ《りんご》ちゃんは　つのを　かきました。
「そんな　つのなんて、リボン《りぼん》みたい。
ぜんぜん　こわくないよーだ」
マイ《まい》ちゃんと　ケイ《けい》くんが、のぞきこんで
いいました。
「のろいさんが、ぎょろっと　にらむと、こわいよ」
リンゴ《りんご》ちゃんは　きんいろの　クレヨン《くれよん》で
めを　かきました。

「おおきな　おくちが、ぱくんと　あくよ。
それから　おててはね、
びゅーんと　ながくてね、
つかまったら　こわいよ。
ぎゅぎゅぎゅぎゅーっと
だっこされちゃうよ」
リンゴ《りんご》ちゃんは、のろいさんの
かおを　かきました。

マイ《まい》ちゃんと　ケイ《けい》くんは、また
ばかに　したように、ふんと　わらいました。
「また、うそ。そんなの　ぜんぜん
こわくないね」
「こわいぞー。こわいぞー。ほんとだぞー」
リンゴ《りんご》ちゃんの　こえが、きゅうに
こわごわしくなりました。
「のろいさん、やっつけて。マイ《まい》ちゃんと

ケイ《けい》くんと　チャンピオン《ちゃんぴおん》くんを　やっつけて。
いしに　かえちゃって！」

リンゴ《りんご》ちゃんは、じぶんの　かおに　えを
ぺたーんと　はりつけました。
それから、もっと　こわごわしい　こえで
いいました。
「のろいさんだぞーい」
それから、かみの　はじっこから　そっと
のぞきました。

でも、マイ《まい》ちゃんと
ケイ《けい》くんは、
こわくないみたい。
じっと　たって、
リンゴ《りんご》ちゃんを
にらんでいます。
うごきません。
なんにも　いいません。

チャンピオン《ちゃんぴおん》くんまで、
きをつけを
したまんまです。
へやの　なかは、
しーんと　しずかです。
みんな、いしに
なっちゃったみたい。

リンゴ《りんご》ちゃんは、しんぱいに　なりました。

「どしたの？　こわくないの？」

リンゴ《りんご》ちゃんは　いいました。

でも、みんな　だまったまんまです。

「どうして、なんにも　いわないの？」

リンゴ《りんご》ちゃんは、のろいさんの　かおで

にらみました。

リンゴ《りんご》ちゃんは　もういちど　そっとのぞきました。やっぱり　みんな、きをつけをしたまんまです。

「のろいさんの　のろいが、ほんとうにかかっちゃったのかなあ……」

リンゴ《りんご》ちゃんは、いっぽ　まえに　でると、いいました。

「なんか　いいなさい。いわないと、

くすぐっちゃうから」

そして、マイ《まい》ちゃんと　ケイ《けい》くんと
チャンピオン《ちゃんぴおん》くんを、かわりばんこに
こちょこちょ　こちょこちょ　しました。
「わらいなさい。わらいなさいってばあ！」
リンゴ《りんご》ちゃんは　どなりました。
それでも、みんな　だまって　たったままです。
リンゴ《りんご》ちゃんは、こわくなってきました。

「もう　おしまい。もう　おわりなの！」

それから、リンゴ《りんご》ちゃんは　なきそうな　こえで、

「リンゴ《りんご》やまの　のろいさん、おやまに

かえりなさーい！」

と　いうと、かおから　かみを　ぱっと

はがしました。

「ほら、のろいさんじゃ　ないよ。

リンゴ《りんご》ちゃんだよ」

「やったあ!!」

マイ《まい》ちゃんと　ケイ《けい》くんが、
とびあがりました。

「リンゴ《りんご》ちゃんが　まけた」

マイ《まい》ちゃんが　いいました。

「リンゴ《りんご》ちゃんが　こうさんした」

ケイ《けい》くんが　いいました。

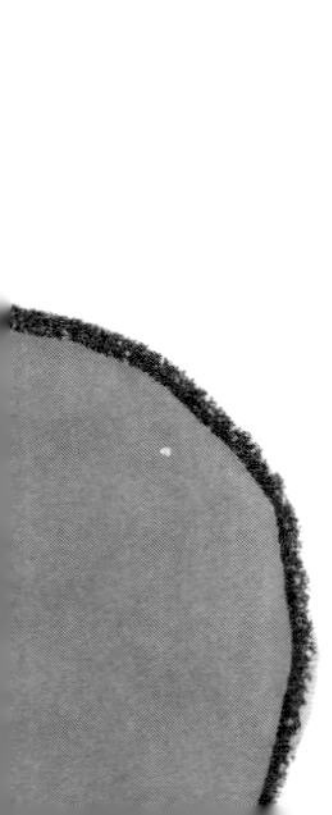

「リンゴ《りんご》ちゃん、まけちゃった！　くくく」
チャンピオン《ちゃんぴおん》くんまで、うれしそうです。
リンゴ《りんご》ちゃんの　ほっぺたは、
またまた　ぶーっと　ふくれました。
めから　なみだも　でてきました。

すると、
とんとん　とん。
げんかんの　ほうで、おとが　します。

「あっ、おかあさんが　かえってきた」
みんなが　はしって　ドア《どあ》を　あけると、
なんと　なんと　そこには、さっきの　えと
そっくりの　のろいさんが　たっていました。
「リンゴ《りんご》ちゃん、きましたよ。
よんでくれて、
うれしかったぞーい」

「きゃーっ、ほんものだあ！」
マイ《まい》ちゃんも、ケイ《けい》くんも、
チャンピオン《ちゃんぴおん》くんも、びっくりして
しりもちを　つきました。
「あれ、ほんとに　きちゃった」
リンゴ《りんご》ちゃんまで　びっくり。
すると、のろいさんは
ながーい　てを　のばして、

リンゴ《りんご》ちゃんを　つかまえました。
「これから　リンゴ《りんご》やまの
のろいを　かけようね。
だれから　かけようか？」
のろいさんは、
おそろしい　こえで
いいました。

「あの……。あの……」
リンゴ《りんご》ちゃんは、ひくひくって
なきだしました。
「どうして　なくの？　さっき、
『みんなを　やっつけてー』って、いってたじゃ
ないか。それでは、みんな　まとめて
のろいを　かけよう」
のろいさんは、ながーい　てを　するすると

のばして、マイ《まい》ちゃん、ケイ《けい》くん、
チャンピオン《ちゃんぴおん》くん、それに、
リンゴ《りんご》ちゃんまで
つかまえると、
ぎゅ　ぎゅ
ぎゅーんと
つよく
だきました。

「わーん」
みんな、おおきな　こえを　あげて、
なきだしました。
でも、のろいさんは　へいきな　かおして
みんなを　だいたまま、ぴょーんと　にわに
とびだし、きをつけを　しました。
すると、のろいさんは、みるみる　おおきな
きに　かわりました。

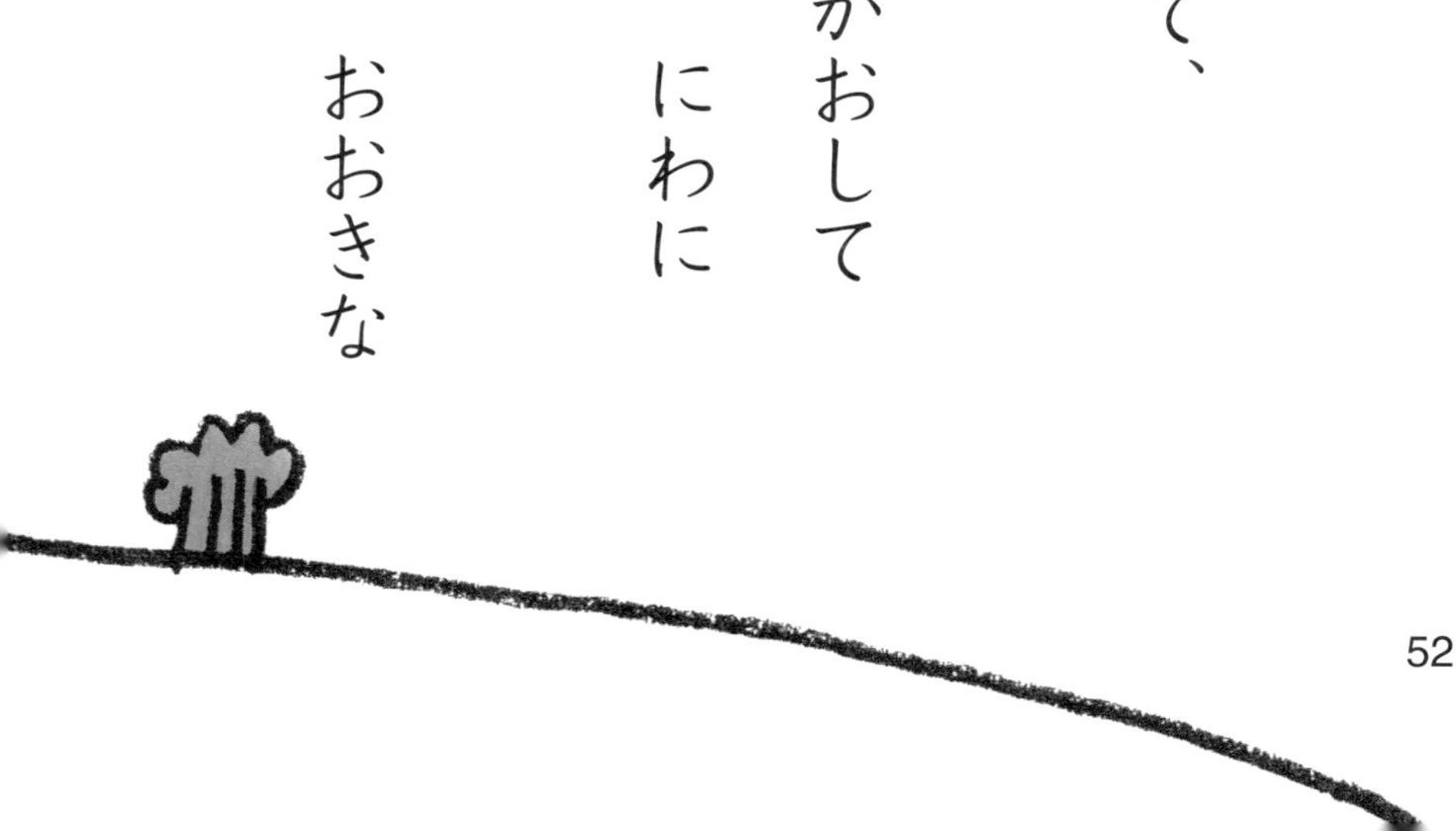

「さあ、リンゴ《りんご》やまの　のろいの
はじまりだぞーい」
おおきな　きに　なった　のろいさんは、
ひとり　ひとりを　えだに　ぶらさげました。
みんな、こわくて、ふるえています。
「こどもが　なったぞーい。
いいぞ、いいぞ」
のろいさんは　うれしそうに

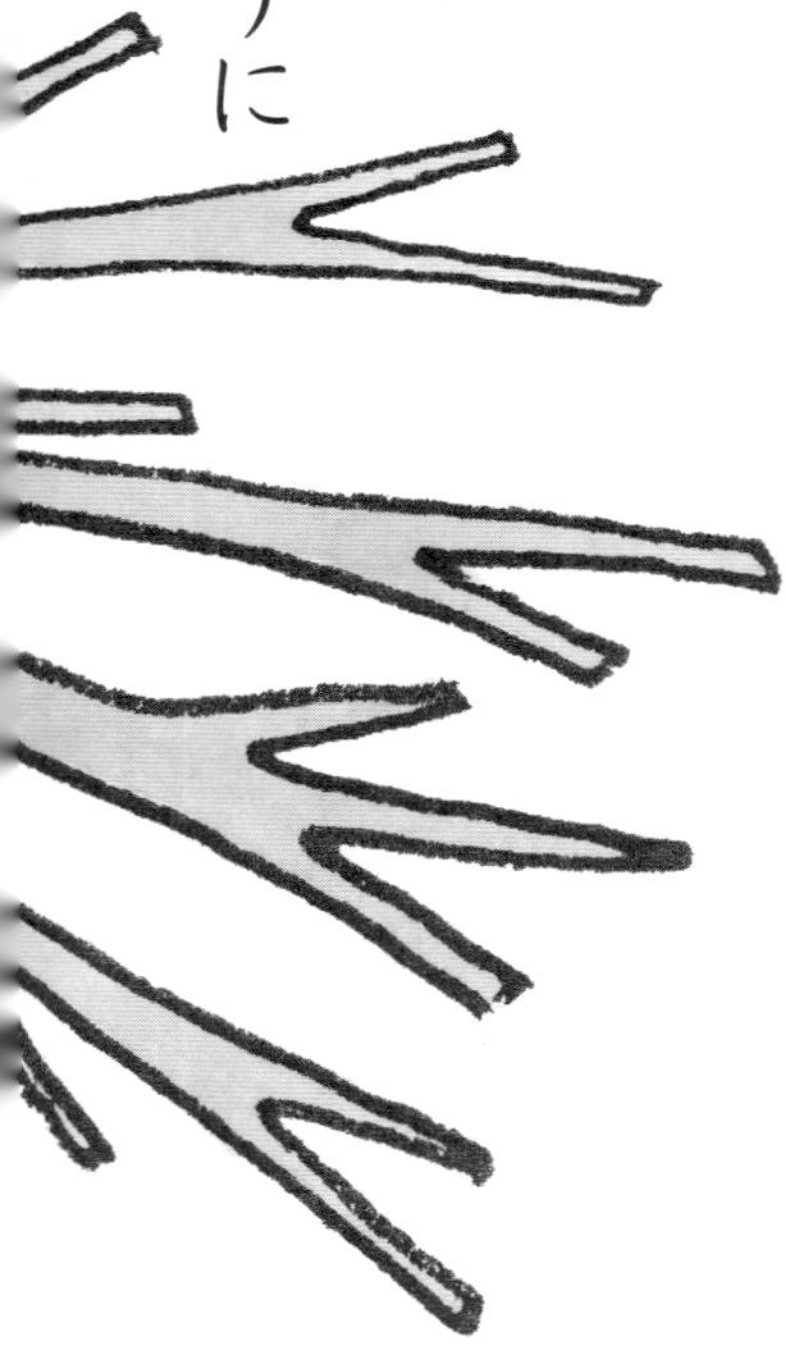

いいました。
マイ《まい》ちゃんたちは、
えだに
ぶらさげられて、
なきながら
ゆれています。
でも、なんだか
へんな　きもちです。

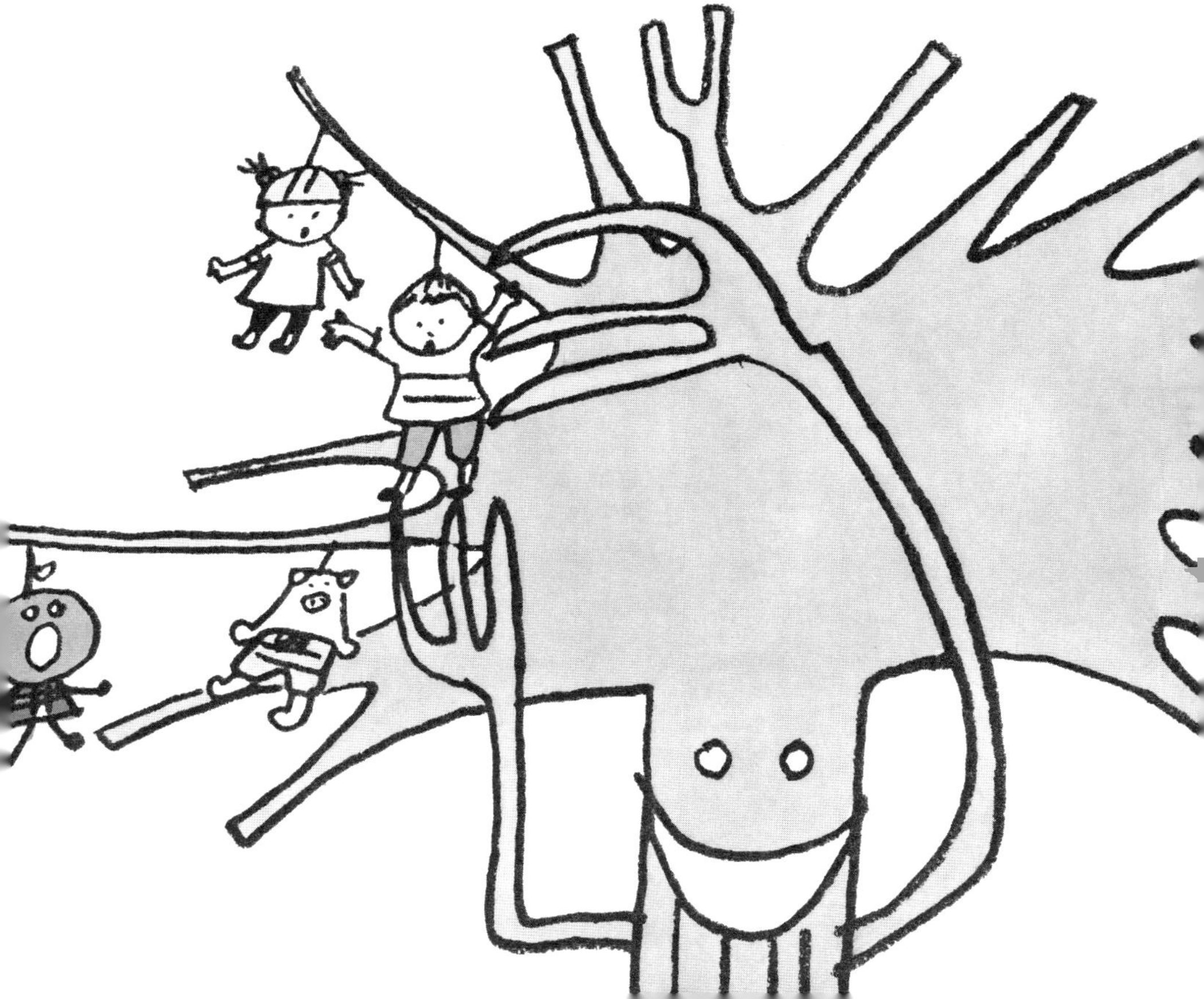

マイ《まい》ちゃんは、そっと　めを　あけてみました。
すると、かぜが　そよそよして、まるで
そらを　とんでいるみたいです。
やねの　てっぺんも　みえるし、じめんでは
おはなが　こっちを　むいて　わらっています。
となりに　ぶらさがっている　ケイ《けい》くんは、
りょうてを　ひろげて、「ぶーん、ぶーん」と
いいながら、ひこうきに　なったつもりです。

チャンピオン《ちゃんぴおん》くんも、　ぶらん　ぶらんと
ブランコ《ぶらんこ》しています。
リンゴ《りんご》ちゃんも、　バレリーナ《ばれりーな》みたいに
おどっていました。
「もっと　もっと　のろいを　かけるぞーい」
のろいさんは、　えだを　ゆすりながら
さけびました。
それから、　おおきく　いきを　すうと、

はーっと　マイ《まい》ちゃんたちに
ふきかけました。

みんなが、　くるくる
まわりだしました。
「みんな　みんな、
リンゴ《りんご》に　してやるぞーい」
のろいさんは、　いいました。
マイ《まい》ちゃんたちは　くるくる
まわりながら、　リンゴ《りんご》の　かたちに
かわっていきました。

「くく」
マイ《まい》ちゃんは、おもわず
わらってしまいました。
みんな、へんな　かっこう。
「わーい！　みんな、あたしの
まねっこしてる！」
リンゴ《りんご》ちゃんが　いいました。

みんな、まわりながら　どんどん　どんどん
リンゴ《りんご》いろに　なっていきました。
「わーい。みんな　あかくなった。でも、
あたしが　いちばん　きれいな　まっかっか」
リンゴ《りんご》ちゃんが、いいました。
でも、みんな　もんくは　いいません。
だって、リンゴ《りんご》に　なるのって、なんだか
とっても　すてきです。

「りっぱな　リンゴ《りんご》が　なったぞーい。
それでは、がぶりと　くうと　するか」
「えっ、たべちゃうの？」
リンゴ《りんご》ちゃんは　あわてて　ききました。
「リンゴ《りんご》ちゃんの　おのぞみどおり、みんなを
ぺろりと　たべるぞーい！」
のろいさんは、また　はーっと　いきを
ふきかけました。

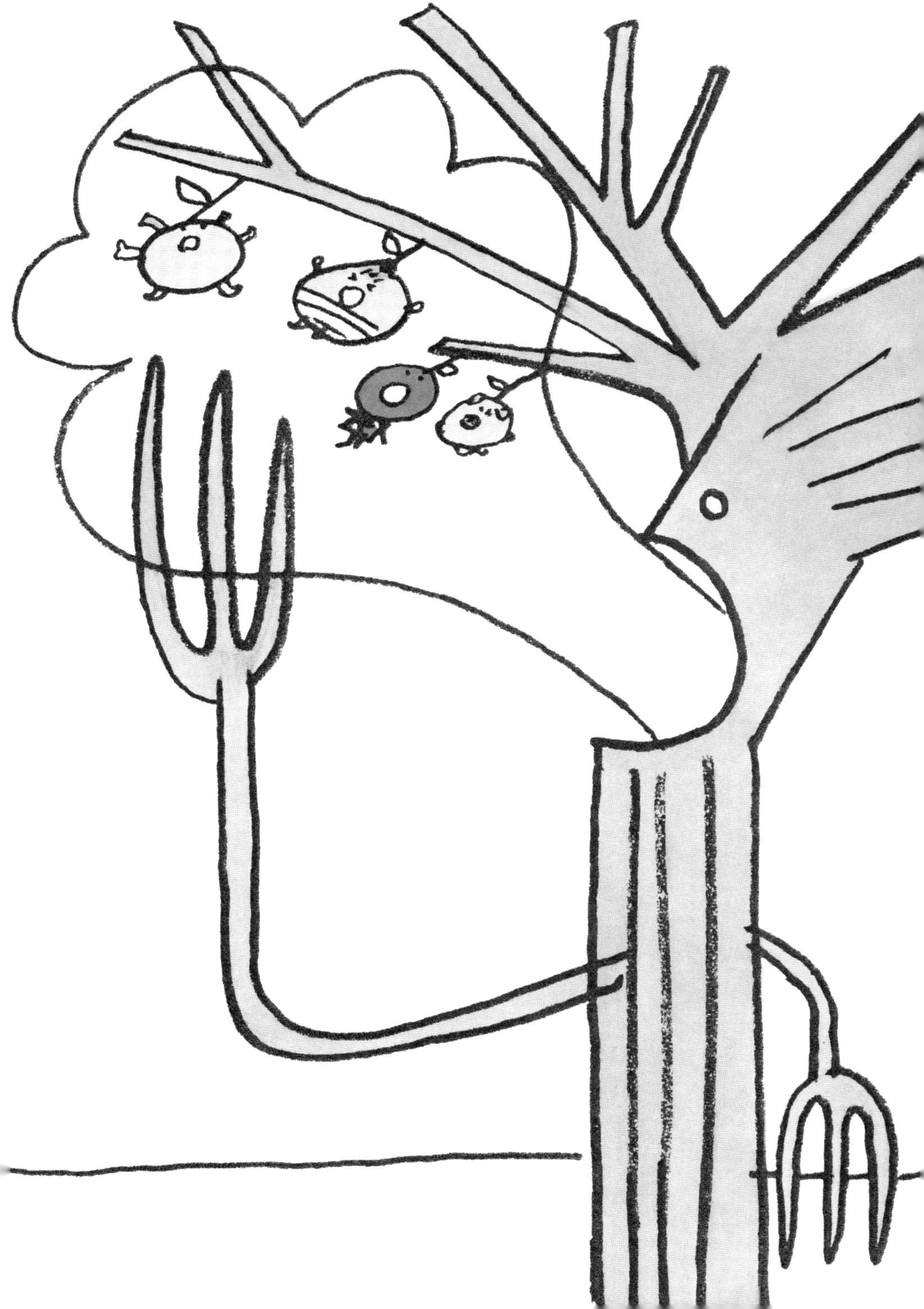

「だめーっ！　たべちゃ　だめーっ！」
リンゴ《りんご》ちゃんは、からだを ばたばたさせました。
でも、のろいさんは　リンゴ《りんご》ちゃんに
かまわず、にたにたと　わらいながら、
「おいしそうだぞーい」
と　いうと、ほそい　えだの　さきで、
こちょこちょっと　リンゴ《りんご》の　マイ《まい》ちゃんを
さわりました。

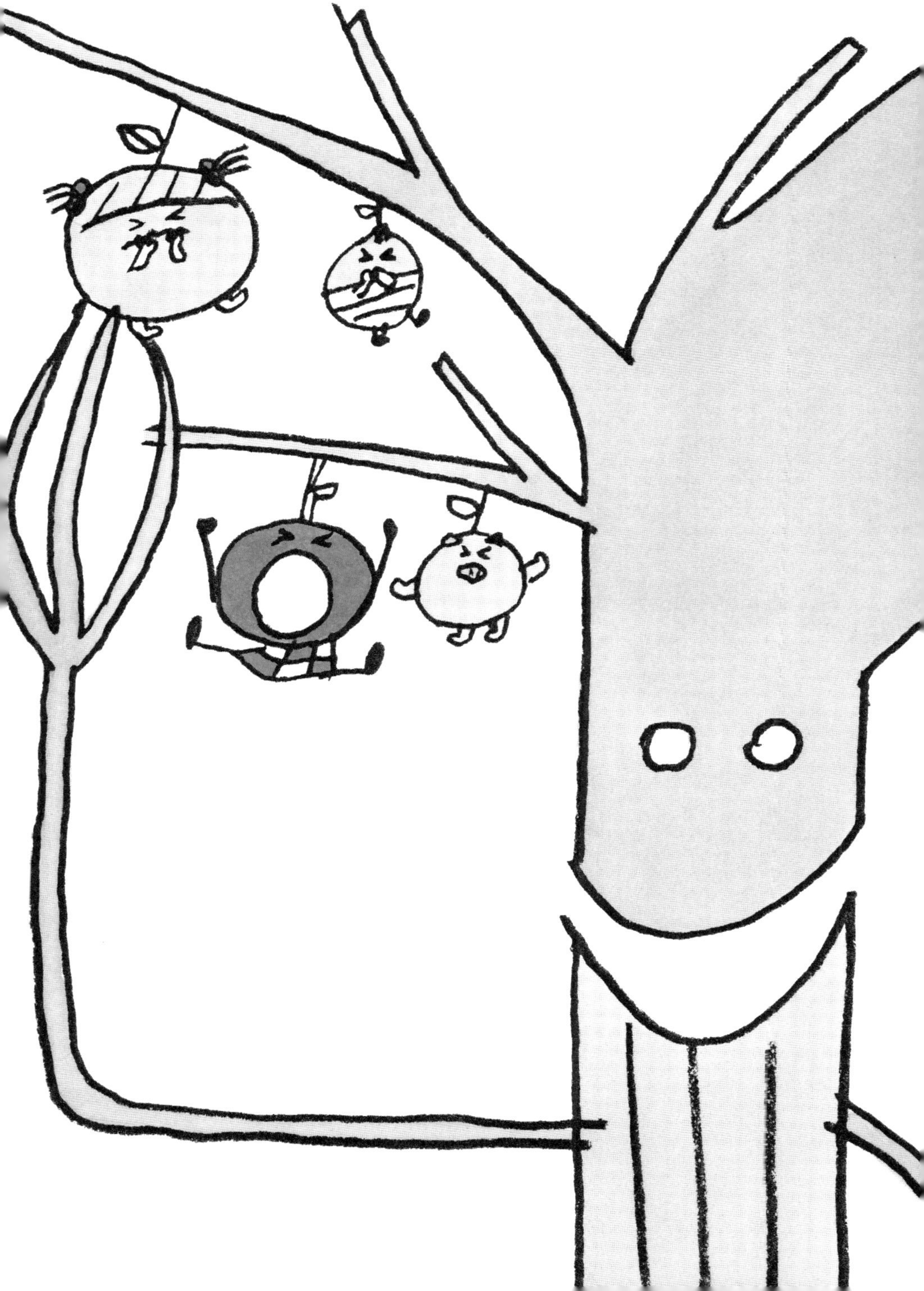

「やだあ。くすぐったーい」
マイ《まい》ちゃんは、おおきく　ゆれました。
そのとたん、ぽとーんと　おちて、リンゴ《りんご》の
マイ《まい》ちゃんは　もとの　マイ《まい》ちゃんに
もどって、たっていました。
ケイ《けい》くんも、チャンピオン《ちゃんぴおん》くんも、
リンゴ《りんご》ちゃんも、こちょこちょされて、
つぎつぎ　ぽとーんと　おちていきました。

「あれれれ。リンゴ《りんご》じゃ　なくなった。
たべたかったのになあ。ざんねん、ざんねん」
のろいさんも、もとの　すがたに　もどって、
くやしそうに　いいました。
「しょうが　ない。かえると　するか。
バイバーイ《ばいばーい》」
のろいさんは、てを　ふりながら、
ぴょーん　ぴょーんと　とんで、

やまの　ほうに　きえていきました。

「ただいま」
おかあさんが
かえってきました。
「おや、おや。みんな、おかおが
リンゴ《りんご》ちゃんみたいに　あかいわ。
なに　して　あそんでいたの？」
「すごーく　たのしくって、
すごーく　こわい　こと」

マイ《まい》ちゃんは
いいました。
みんなも、
「そう、そう。
ドキドキ《どきどき》だったの」
って、うなずきました。

つぎの　ひ、リンゴ《りんご》ちゃんは　また　いばって
いいました。
「あたしはね、のろいさんと
なかよしなんだからね。いいでしょ」
「うん、いいな。リンゴ《りんご》ちゃん、
のろいさんを　また　よんでね」
マイ《まい》ちゃんが　いいました。
「いいよ。でも、こんどは　もっと　もっと

こわい　こと　してもらう。それでも　いい？」

「うん、いいよ」

マイ《まい》ちゃんは　うなずきました。

作　**角野栄子**（かどの・えいこ）
1935年、東京生まれ。早稲田大学教育学部英語英文科卒業。1970年、ブラジルでの体験をもとにした『ルイジンニョ少年　ブラジルをたずねて』（ポプラ社）でデビュー。『魔女の宅急便』（福音館書店）で野間児童文芸賞と小学館文学賞を受賞するなど受賞多数。2018年に子どもの本のノーベル賞と言われる国際アンデルセン賞・作家賞を受賞。『スパゲッティがたべたいよう』に始まる「アッチ・コッチ・ソッチの小さなおばけシリーズ」はじめロングセラーの作品は数多く、自選童話集「角野栄子のちいさなどうわたち 全6巻」（以上ポプラ社）も刊行されている。

絵　**長崎訓子**（ながさき・くにこ）
1970年、東京生まれ。多摩美術大学染織デザイン科卒業。イラストレーターとして絵本、コミック、さまざまなジャンルの書籍を手がけ幅広く活躍中。映画に関するエッセイも執筆。児童書の仕事に『角野栄子のちいさなどうわたち2』（ポプラ社）『パンダのポンポンシリーズ』（理論社）などがあり、名作文学漫画集『MARBLE RAMBLE』（パイインターナショナル）が文化庁メディア芸術祭マンガ部門審査委員会推薦作品に選定。

リンゴちゃんシリーズ・3
リンゴちゃんとのろいさん

2005年 7月 第1刷
2023年 1月 第3刷

作　角野栄子
絵　長崎訓子

発行者　千葉 均
編集　松永 緑
デザイン　檜原直子（ポプラ社デザイン室）

発行所　株式会社ポプラ社
〒102-8519　東京都千代田区麹町4-2-6
ホームページ　www.poplar.co.jp
印刷　瞬報社写真印刷株式会社
製本　株式会社ブックアート

ISBN 978-4-591-08717-6 N.D.C.913 79p 22cm

P4220028